Vivian French

PRINCESSE Academy
Les Tours d'Argent

Princesse Alice
et le Royaume des Glaces

H
HACHETTE

PRINCESSE
Academy
Les Tours d'Argent

Institution

pour Princesses Modèles

Devise de l'école :

Une Princesse Modèle
est honnête, aimable
et attentionnée.
Le bien-être des autres
est sa priorité.

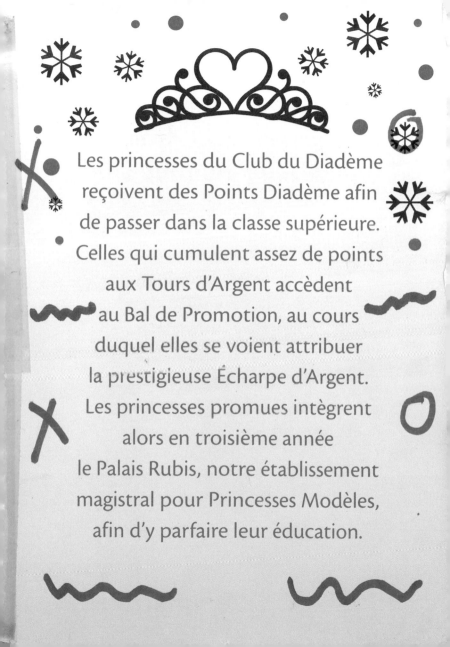

Les princesses du Club du Diadème reçoivent des Points Diadème afin de passer dans la classe supérieure. Celles qui cumulent assez de points aux Tours d'Argent accèdent au Bal de Promotion, au cours duquel elles se voient attribuer la prestigieuse Écharpe d'Argent. Les princesses promues intègrent alors en troisième année le Palais Rubis, notre établissement magistral pour Princesses Modèles, afin d'y parfaire leur éducation.

*Le jour de la rentrée,
chaque princesse est priée
de se présenter à l'Académie
munie d'un minimum de :*

- Vingt robes de bal (avec dessous assortis)
- Cinq paires de souliers de fête
- Douze tenues de jour
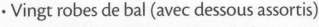
- Trois paires de pantoufles de velours
- Sept robes de cocktail
- Deux paires de bottes d'équitation
- Douze diadèmes, capes,
  manchons, étoles, gants,
  et autres accessoires indispensables.

Coucou!
Tu n'es pas impatiente de visiter
le Royaume des Glaces? Moi, si!
Hip, hip, hip, hourra! C'est trop génial,
que tu nous accompagnes.
Sans toi, cela n'aurait pas été pareil…
Au fait, je suis Princesse Alice. Mais tu m'avais
sûrement reconnue! D'ailleurs, tu connais aussi
mes meilleures amies: Charlotte, Katie, Daisy,
Émilie et Sophie. Quelle chance d'être
en vacances de Noël! Nous n'avons
qu'à nous amuser… et à bien en profiter!

Parce que c'est vrai:
quel problème pourrait-il y avoir?
Nous sommes juste entre nous, alors…

Chapitre premier

Nous avons gagné un séjour au Royaume des Glaces !

C'est tellement extraordinaire que nous y croyons à peine.

Et pourtant, nous arrivons… En ce moment même !

Notre carrosse passe les grilles

étincelantes de gel du parc d'attractions. Avec mes cinq amies,
nous nous pinçons le bras : aïe !
Non, nous ne rêvons pas !

Quelle merveille !

Les nuages brumeux s'évaporent et le ciel devient bleu lumineux! Le soleil flamboie; la neige qui recouvre le sol scintille sous ses rayons d'hiver. Elle est si pure qu'on dirait du sucre glace poudré!

Nous nous pressons aux fenêtres des portières, décrivant toutes en même temps ce que nous apercevons. Marraine Fée et Fée Angora, nos accompagnatrices, éclatent de rire.

— C'est un endroit charmant, n'est-ce pas? note Marraine Fée. Nous allons séjourner au Palais de Givre, mes chères princesses!

Daisy, Sophie, Katie, Émilie et moi en restons bouche bée.

— Le Palais de Givre? répète Charlotte, l'œil brillant.

— En effet, acquiesce l'Enchanteresse en Chef. Vous voyez, à gauche ? Ce sont ses tours !

Nous nous précipitons au bout de la banquette et regardons dehors.

Nous approchons d'un majestueux château de glace. Un vrai palais de conte de fées. Ses tours monumentales se détachent sur le ciel limpide.

C'est magnifique… et aveuglant !

— C'est très beau, mais on doit y grelotter comme dans un igloo ! s'inquiète Émilie.

Fée Angora secoue la tête.

— Au contraire ! Bizarrement, on y est bien au chaud, et c'est très douillet ! Les chambres ont d'épais tapis de poils blancs, et des lumières tamisées. Vous allez adorer ça, mes chéries !

Soudain, je pense à quelque chose. Je demande :

— Serons-nous ensemble dans un dortoir, comme à l'Académie ?

— J'espère que oui ! renchérit Katie. Séparées, on ne s'amuserait pas autant !

Les fées se dévisagent d'un air embêté. Je comprends qu'il y a un problème...

— Écoutez, lance Marraine

Fée. Il se trouve que la plus grande chambre de l'hôtel ne peut accueillir que cinq personnes. L'une d'entre vous aura donc une chambre pour elle toute seule, juste à côté.

— Mais laquelle ? bredouille Katie, catastrophée. Nous ne pouvons pas choisir !

Fée Angora lui adresse un joli sourire avant de répondre :

— Je m'en doutais, princesse ! J'ai donc tout prévu en conséquence…

Elle pioche de petits bulletins pliés au fond de son sac, avant de nous expliquer :

— Nous allons tirer au sort !
Un lit est dessiné sur l'un de ces
morceaux de papier. Celle qui
tombera dessus aura la chambre
à part !

Elle empile les bulletins sur la
banquette du carrosse. Nous en

prenons chacune un… Et devine un peu qui a le dessin du lit ? Moi !

J'ai brusquement l'impression que je vais fondre en larmes.

Je sais bien que ça fait bébé… Et ce n'est pas du tout digne d'une Princesse Modèle !

Mais on s'amuse tellement, quand on est toutes les six réunies… Je n'ai vraiment pas envie d'être mise à l'écart !

— Rassure-toi, Alice ! Tu resteras dans notre chambre jusqu'au moment de dormir, promet Charlotte.

— Tu nous manqueras horriblement ! ajoute Daisy.

Katie et Émilie acquiescent de la tête. Sophie me tapote gentiment le bras.

— Tu seras dans la pièce juste à côté, me réconforte-t-elle. Et si tu veux, nous ne fermerons pas nos portes !

Grâce à mes amies, je me sens déjà beaucoup mieux.

Un tintement de clochettes attire alors notre attention. C'est un traîneau, qui nous double !

Les gens à bord nous saluent joyeusement. Six rennes bruns composent l'attelage. Sur leurs harnais de velours rouge, de petits grelots d'argent tintent au rythme de leur galop.

Ça doit être si drôle de glisser ainsi sur la neige… J'en oublie cette histoire de chambre !

— Par quoi aimeriez-vous commencer ? interroge Marraine Fée. Voudriez-vous faire une promenade en traîneau à travers le parc d'attractions, pour découvrir les lieux ?

— Oh oui, s'il vous plaît ! nous écrions-nous d'une même voix.

Pile à ce moment-là, notre carrosse s'arrête devant le perron du Palais de Givre. L'hôtel est encore plus fantastique de près !

Nous descendons vite de voiture et nous nous dépêchons de passer la porte d'entrée…

Un maître d'hôtel très élégant nous accueille dans le hall. Il porte un habit rouge et vert et s'incline devant nous en déclamant :

— Voici donc les princesses

des Tours d'Argent… Soyez les bienvenues au Palais de Givre du Royaume des Glaces, Altesses ! Si vous voulez bien me suivre, je vous conduis à vos appartements…

Chapitre deux

Fée Angora n'a rien exagéré :
le Palais de Givre est ultraconfor-
table, et vraiment grandiose !

Des tapis duveteux recouvrent
le plancher ciré, des appliques
orangées ornent chaque mur. Il
n'y a qu'en regardant le plafond,

qu'on se rend compte que le bâti-
ment est en glace. Car il est
sculpté de frises et de volutes pro-
digieuses !

Et dans les étages, c'est pareil. Aussi joli ! Le maître d'hôtel montre d'abord leur chambre à Marraine Fée et Fée Angora.

Jamais je n'ai vu de lit si doux et si luxueux à la fois ! Ils croulent sous les coussins de velours !

— Nous nous installons, puis nous sortons visiter le parc ! déclare Marraine Fée. Ne tardez pas, chères princesses !

Vite, nous suivons le maître d'hôtel dans le couloir. Une chance : la porte de la grande chambre de cinq est juste à côté !

Les lits sont à baldaquin ; les dessus-de-lit matelassés sont en patchwork de soie et de satin

rose. Sans oublier l'immense canapé moelleux, dans le coin de la pièce. Lui aussi est plein de coussins !

Les hautes fenêtres ouvrent directement sur les pentes neigeuses.

Nous écarquillons des yeux émerveillés. Des centaines de luges en bois descendent comme des flèches les flancs de la colline. En bas, des poneys adorables se régalent de fourrage en attendant de remonter les luges.

Tout est tellement parfait, dans ce parc !

— Dites, on va essayer les luges ? je demande en trépignant d'impatience. Je suis sûre que c'est trop rigolo !

— Mais on va tout essayer, Alice ! répond Katie. On est là pour ça !

À ces mots, le maître d'hôtel se racle légèrement la gorge.

— Hum ! Veuillez m'excuser, Votre Altesse…

C'est à moi qu'il parle ! Je me retourne, il continue :

— Vous ne désirez pas vous rendre à votre chambre ?

Je n'y pensais plus du tout ! Je me croyais déjà chez moi, ici…

Déçue, je réponds :

— Oh, si, bien sûr. Merci…

Il ramasse ma malle de voyage et m'emmène jusqu'à ma chambre isolée…

Mais elle n'est pas du tout à côté de celle de mes amies !

Elle est au bout, tout au bout du couloir !

Bon, je l'admets : elle est loin, mais elle est très belle.

Si je venais quelques jours au Palais de Givre avec mes grands-parents, elle me plairait sûrement beaucoup. Mais là…

Elle paraît tellement différente du dortoir !

Il y a bien un mignon petit lit, avec un baldaquin drapé bleu ciel… mais qu'est-ce que je vais me sentir seule, demain matin, au réveil !

Le maître d'hôtel dépose ma malle devant l'armoire. Puis il me

fait une profonde révérence et s'en va.

Je commence à ranger mes affaires, imaginant Katie, Charlotte, Sophie, Daisy et Émilie faisant ensemble la même chose.

Sauf qu'elles doivent discuter et rire !

Je songe à leurs placards, à la façon dont elles se partagent les lits, et voici que j'ai une idée de génie !

L'immense canapé moelleux, dans le coin de leur chambre…

Je pourrais y dormir ! Je n'ai qu'à courir demander la permis-

sion à Marraine Fée, et notre dortoir de six sera à nouveau réuni !

Je quitte ma chambre en hâte… et m'arrête subitement.

Si Marraine Fée se change, je risque de la déranger. Mieux vaut lui écrire un petit mot !

Je retourne donc sur mes pas. Sur ma commode se trouve du papier à lettres et un stylo. J'écris :

Chère Marraine Fée,

Vraiment, je déteste être seule. Je vous en prie, je voudrais partager la même chambre que Daisy, Charlotte, Katie, Sophie et Émilie. Je dormirais très très bien sur leur canapé, je vous assure !
Avec mes plus sincères respects.

Princesse Alice

Je plie ensuite la feuille en deux, et ressors vite dans le couloir. Toutes les portes sont fermées, mais je suis certaine de me rappeler laquelle est celle de Marraine Fée.

Je glisse ma lettre sous sa porte. Quelque chose la bloque un instant. Je force un peu et hop ! elle finit par passer de l'autre côté.

Je regagne ma chambre, le cœur léger.

Marraine Fée acceptera forcément! Alors, inutile de mettre mon pyjama sous mon oreiller: ce soir, je dors dans un canapé!

Je décide cependant de ne rien dire à mes amies. Je préfère leur réserver la surprise!

Je finis de remettre mes vêtements dans ma malle lorsque, deux minutes plus tard, Fée Angora frappe à ma porte.

— Princesse Alice! Nous vous attendons sur le perron!

Youpi! J'attrape ma cape et

mon manchon et je bondis rejoindre les autres dehors.

Marraine Fée, Charlotte, Émilie, Sophie et Katie sont déjà assises dans le traîneau. Je jette un regard plein d'espoir à Marraine Fée… mais elle arrange une couverture sur ses genoux.

Tant pis, elle me parlera de ma lettre tout à l'heure !

— N'est-ce pas idéal ? dis-je à Charlotte en me faufilant près d'elle, sur le siège.

— Presque, grimace mon amie. Tu prends juste un peu trop de place !

Nous éclatons de rire. Debout

devant le traîneau, Fée Angora
semble s'amuser autant que
nous.

— Tout le monde est là? lance-t-elle gaiement. Oh, mais il manque Princesse Daisy!

— Elle a dit qu'elle arrivait, signale Émilie. Elle est allée une seconde à la salle de bains…

Je propose:

— Je peux remonter la chercher, si vous voulez…

Mais je n'en ai pas besoin, car Daisy apparaît justement sur le perron. Elle a les yeux gonflés, comme si elle venait de pleurer!

Chapitre trois

Pauvre Daisy ! Nous lui demandons aussitôt ce qu'elle a…

— Oh, rien du tout, ça va, refuse-t-elle de répondre.

Et elle se mouche fort !

Il reste une place libre, dans le traîneau. Juste en face de moi.

Mais au lieu de s'y asseoir, Daisy me fusille du regard, puis elle monte s'installer à l'autre bout de la banquette. Sophie et Émilie sont obligées de se décaler sur la droite.

Je fronce les sourcils, surprise. Cette attitude ne ressemble pas à Daisy ! Que lui arrive-t-il donc ?

— En route pour le tour du parc ! commande alors Marraine Fée.

L'aimable cocher en longue redingote verte secoue les rênes en cuir. Les grelots tintent sur les harnais, et les rennes se mettent en route.

Ils trottent d'un sabot léger sur le chemin.

Nous traversons les pistes de luge. Des enfants aux pommettes roses jouent à se jeter dans la neige poudrée pour y laisser l'empreinte de leur corps. Leur gaieté nous contamine : nous explosons de rire en les croisant !

Ensuite, nous passons devant la patinoire géante. Elle est for-mi-da-ble ! Si j'avais mes patins à glace, je sauterais tout de suite du traîneau !

Lorsque nous pénétrons dans la partie fête foraine, la fameuse Grande Roue nous coupe le souffle. Elle est… énorme ! Elle

domine l'ensemble du parc d'attractions.

— De là-haut, vous voyez tout le Royaume des Glaces d'un seul coup d'œil ! précise Fée Angora.

Avec Charlotte, à ma droite, nous nous sourions d'un air complice. Nous avons trop hâte de grimper dans ce manège !

Maintenant, le traîneau glisse entre les petites boutiques en bois des commerçants. Soudain, Marraine Fée propose :

— Prenons un chocolat chaud au salon de thé, voulez-vous ? Ensuite, vous pourrez faire un peu de lèche-vitrines !

Et elle plonge la main dans son fourre-tout violet pour en sortir six petits sacs exquis. Elle nous les distribue en expliquant :

— Voici vos Jetons d'Argent. C'est la monnaie exclusive du parc ; vous pouvez acheter tout ce que vous voulez avec. Mais attention à vos dépenses, car si vous n'avez pas de quoi payer, les marchands n'accepteront rien d'autre !

Je pousse un soupir de contentement.

J'ai l'impression de vivre un rêve ! Et je sais déjà ce que je souhaite acheter : de super cadeaux de Noël pour chacune de mes amies !

Notre traîneau s'arrête. Nous descendons. Avant de nous éloigner, nous caressons le mufle des rennes. Comme ils baissent la tête, nous les grattons derrière les oreilles. Ils sont si calmes, si gentils… et serviables !

Ils nous fixent de leurs bons yeux tout ronds. On a l'impression qu'ils communiquent avec nous, et c'est un instant vraiment fabuleux !

—Allons, allons, mesdemoisel-
les ! nous presse Marraine Fée,
autoritaire.

Elle nous pousse en direction
du salon de thé. Daisy et Émilie
restent une seconde en arrière.

Je les attends. Mais Daisy me
dépasse en m'ignorant et court
bavarder avec Sophie !

Je n'en reviens pas ! Quelle
mouche l'a piquée ? Et puis, il y a
l'air embarrassé d'Émilie…

Je lui demande :

— Daisy a un problème ?

Émilie se mordille les lèvres, embêtée.

— Eh bien… Je ne sais pas trop. Quelque chose l'a bouleversée, c'est sûr. Seulement, elle ne veut pas raconter ce que c'est.

— Mais nous nous disons toujours tout ! je m'exclame.

— C'est que…, hésite Émilie, de plus en plus gênée. Je crois que ça a un rapport avec toi, Alice.

— Avec moi ?! je répète, stupéfaite.

Soudain, je me rappelle comment Daisy m'a regardée, en

montant dans le traîneau. Elle paraissait… très en colère.

Je n'y comprends rien ! Je ne lui ai pourtant rien fait ! Ou alors, je ne m'en suis pas aperçue…

Je me sens mal à l'aise, c'est affreux !

Nous sommes les meilleures amies du monde depuis une éternité, il s'agit forcément d'un horrible malentendu…

Il n'y a qu'une solution, pour en avoir le cœur net : discuter avec Daisy et qu'elle m'explique tout.

Et tout de suite !

Je rejoins vite les autres au

salon de thé. Mais je m'aperçois que Daisy n'est pas là !

— Elle est allée faire ses achats-surprises de Noël, me confie Marraine Fée.

L'Enchanteresse me tend une tasse de cacao fumant, surmonté d'une montagne de crème fouettée parsemée de paillettes de chocolat. Miam!

— Sophie aussi est partie, continue Marraine Fée. Mais dans l'autre sens! Nous devons nous retrouver ici dans une heure.

Je me dépêche de boire mon délicieux chocolat, puis je m'exclame:

— Vous savez, Marraine Fée, j'ai justement des achats-surprises à faire, moi aussi!

Je viens de repérer de splendides petits sacs, suspendus à un présentoir extérieur. J'adorerais les examiner de près ! Et puis, comme ça, j'en profiterais pour chercher Daisy dans le parc afin de régler cette histoire…

Je supplie :

— Je peux y aller ?

— Oh oui, moi aussi ! enchaîne Katie. J'ai des tas de cadeaux secrets à acheter !

— Et moi ? demande Charlotte.

— Et moi aussi ?! ajoute Émilie.

Marraine Fée rit.

— Alors tout le monde pense à Noël ! Parfait, princesses. Le traîneau repasse nous prendre à trois heures. Surtout, ne soyez pas en retard !

— C'est promis, Marraine Fée ! répliquons-nous en chœur.

Et nous filons chacune dans une direction différente…

Chapitre quatre

Les magasins du parc d'attractions sont de vraies cavernes d'Ali Baba !

Du coup, il est bien difficile de savoir quoi acheter…

De près, les petits sacs sont vraiment divins ! Mais j'aperçois des écharpes magnifiques, de superbes bracelets, et de si jolis colliers…

Je réfléchis, pèse le pour et le contre…

Je prends un temps fou pour me décider ! Enfin, je choisis d'offrir un bracelet à chacune de mes amies. Celui de Daisy est ravissant, avec de délicates marguerites en argent émaillé de blanc. Daisy veut dire « marguerite », en anglais ! Je suis sûre qu'elle va l'adorer !

J'arrive à la dernière seconde au salon de thé, tout essoufflée d'avoir couru.

Marraine Fée fait déjà les cent pas en regardant sa montre, l'air fâché...

Je m'empresse de poser mes paquets dans le traîneau. Puis je présente mes excuses, un peu honteuse :

— Je n'arrivais pas à choisir et...

— Il y a pire retard que le vôtre, gronde Marraine Fée. Princesse Daisy n'est pas encore rentrée. L'une d'entre vous l'aurait-elle vue ?

Nous faisons toutes « non » de la tête...

Marraine Fée claque de la

langue d'un air désapprobateur.
Puis elle déclare :

— Accordons-lui quelques
minutes de plus. Après tout, nous
sommes en vacances !

Nous attendons, et atten-
dons… Mais Daisy ne revient pas.

Au bout d'un quart d'heure, nous commençons à nous inquiéter !

Ce n'est pas le genre de Daisy. Elle, toujours si ponctuelle…

— Peut-être s'est-elle perdue ? suggère Fée Angora.

— Impossible, rétorque Sophie. Nous n'avons eu aucun problème : il y a des panneaux indicateurs partout !

— Elle semblait avoir pleuré, lorsqu'elle est sortie du Palais de Givre, fait remarquer Katie. Comme si quelque chose l'avait contrariée…

— Je ne comprends pas, s'étonne Marraine Fée. Elle était très enjouée dans le carrosse, durant le voyage !

Je déglutis avec peine. Le moment est venu de prendre mon courage à deux mains ! Je balbutie :

— Émilie pense que c'est à cause de moi, si Daisy a du chagrin…

Les fées, mes amies, tout le monde me dévisage :

— À cause de toi ?!

Elles ont du mal à y croire, et se tournent vers Émilie qui devient écarlate.

— Je ne voulais pas accuser Alice ! bredouille-t-elle. C'est juste que... J'ai vu Daisy lire un morceau de papier, dans notre chambre, avant de descendre. Elle l'a vite caché dans sa poche, mais j'ai reconnu l'écriture d'Alice ! Et puis Daisy paraissait très bizarre, et elle a couru s'enfermer dans la salle de bains...

Je sais que je n'ai rien fait et pourtant je me sens coupable. C'est terrible, comme impression ! Mes amies me fixent étrangement, Marraine Fée et Fée Angora aussi. À mon tour de rougir, rougir, rougir !

— Mais je n'ai pas écrit à Daisy, dis-je, penaude. Je vous le pro-

mets ! Je n'ai rien écrit, d'ailleurs. Sauf une lettre, à Marraine Fée…

L'Enchanteresse hausse un sourcil interrogateur. J'explique :

— Je l'ai glissée sous la porte. Je voulais vous demander la permission de dormir sur le canapé, dans la grande chambre…

— Vous devez faire erreur, Princesse Alice, réplique Marraine Fée. Je n'ai trouvé aucune lettre sous ma porte.

Chapitre cinq

J'ai la tête qui tourne, soudain !

Si ça se trouve, j'ai vraiment écrit un mot méchant à Daisy sans m'en rendre compte…

Mais non ! Je sais ce que j'ai fait ! Prenant une profonde inspiration, j'insiste :

— Il faut me croire, Marraine Fée ! Je vous ai glissé une lettre sous la porte et j'ignore ce que Daisy a lu… En tout cas, moi, je ne lui ai rien écrit, j'en suis sûre et certaine ! Le mieux, c'est de retrouver Daisy et de lui demander ce qui se passe…

L'Enchanteresse me regarde comme si elle lisait directement dans mes pensées ! Puis elle acquiesce :

— Sage proposition, Princesse Alice. Je reste ici. Fée Angora, vous rentrez au Palais de Givre en traîneau, au cas où Daisy irait là-bas. Quant à vous cinq, mes enfants, fouillez le parc, mais revenez me faire un rapport chaque quart d'heure.

C'est trop triste pour Daisy. Nous partons vite à sa recherche et nous n'avons plus du tout envie de nous amuser, maintenant…

— Ne t'angoisse pas, Alice, souffle Charlotte en me prenant la main. Nous savons toutes que tu n'aurais jamais voulu faire de la peine à Daisy !

—Évidemment ! renchérissent Sophie et Émilie.

Elles sont si gentilles… je me sens encore plus nulle !

— Bientôt, ajoute Katie, nous serons dans la Grande Roue avec Daisy, en riant de toute cette histoire idiote !

À ces mots, je sursaute.

— Katie, tu es un génie ! je m'exclame. Vous vous souvenez de ce qu'a dit Fée Angora ? Du haut de la Grande Roue, on peut voir tout le Royaume des Glaces ! Nous pourrons repérer Daisy sans mal !

Et ni une ni deux, nous nous précipitons jusqu'au manège.

Nous attendons qu'il finisse son tour pour grimper à bord. C'est long ! Enfin, nous nous installons dans l'une des nacelles en forme de bateau volant. Quelques secondes plus tard, la Grande Roue démarre…

Je donne les instructions :

— Katie et Charlotte, vous regardez à droite. Sophie et Émilie, vous regardez à gauche. Moi, je regarde devant !

La roue tourne, tourne ; notre nacelle monte, monte…

J'ai l'impression de voler !

Nous sommes perchées si haut que j'en ai le vertige… Sophie

aussi se cramponne au garde-fou. Ça me réconforte qu'elle ait peur comme moi !

Brusquement, j'aperçois Daisy, derrière la roulotte du vendeur de barbes à papa.

Elle est assise sur un banc, seule, l'air malheureux…

— La voilà ! je m'écrie.

Nous voudrions descendre tout de suite du manège.

Mais il faut bien attendre qu'il s'arrête. Et c'est aussi long qu'au tour précédent, tu peux me croire !

Lorsque finalement la Grande Roue se stabilise, nous quittons la nacelle en hâte et courons jusqu'à la roulotte de barbes à papa.

Nous arrivons pile au moment où Daisy s'en va !

— Daisy ! hurlons-nous der-rière elle.

Elle se retourne, étonnée. Nous voyons bien qu'elle vient de pleurer ! Le bout de son nez est

tout rouge, elle tient un mou-
choir humide…

Elle ne tient pas que ça, d'ailleurs…

Je remarque un morceau de
papier déchiré, dans son autre
main. Il y a quelque chose
d'écrit, dessus…

Et je reconnais mon écriture !!!

Chapitre six

— Daisy! Qu'est-ce que c'est que ça?

Je suis hors d'haleine, autant à cause de notre course que de la panique!

Par chance, Daisy ne se sauve pas. Elle renifle juste en me tendant le morceau de papier déchiré et sanglote :

— Oh, Alice… Je n'aurais jamais cru que tu ne m'aimais pas !

Je lis la lettre mystérieuse. Charlotte et Katie regardent par-dessus mon épaule tandis que Sophie et Émilie consolent Daisy.

— Mais… ! Voyons, Daisy ! je m'exclame aussitôt.

J'ai presque envie d'éclater de rire, tellement c'est ridicule !

Chère Marraine Fée,

Vraiment, je déteste partager la même chambre que Daisy !
Je dormirais très très bien je vous assure !
Avec mes plus sincères respects

Princesse Alice

— C'est la lettre que j'ai écrite à Marraine Fée ! J'ai dû me tromper de porte et la glisser sous la tienne. Tu vois bien qu'il en manque la moitié, et ça change tout son sens ! Je demandais à l'Enchanteresse de me permettre de dormir sur le canapé, dans votre chambre.

Daisy écarquille des yeux comme des soucoupes. Et soudain, elle se jette dans mes bras et nous nous serrons fort l'une contre l'autre !

Alors Katie, Charlotte, Sophie et Émilie s'esclaffent avec nous, puis nous filons rejoindre Marraine Fée, au salon de thé.

C'est trop formidable !
En moins d'une minute, tout est redevenu normal…

Nous sommes amies, princesses du Club du Diadème, en vacances de Noël au Royaume des Glaces… et toutes aussi heureuses !

Mieux qu'un rêve : la réalité !

Quand nous racontons ce stupide malentendu à Marraine Fée, elle rit avec nous.

Nous nous apprêtons ensuite à regagner l'hôtel, mais Fée Angora arrive justement en traîneau. Elle freine pile devant nous et brandit un morceau de papier froissé sous le nez de Marraine Fée.

— Regardez ce que j'ai découvert, coincé sous la porte de la grande chambre ! lance-t-elle.

La seconde moitié de ma lettre déchirée ! Il suffit de réunir les deux morceaux, et tout est enfin très clair…

— Pardonne-moi, Alice ! s'excuse Daisy en me serrant encore plus fort contre son cœur. Oh, pardon ! Pardon !

Chère Marraine Fée,

Vraiment, je déteste être seule. Je vous en prie, je voudrais partager la même chambre que Daisy, Charlotte, Katie, Sophie et Émilie. Je dormirais très très bien sur leur canapé, je vous assure !
Avec mes plus sincères respects,

Princesse Alice

— Non, c'est ma faute ! je m'excuse en écho. Je suis si désolée ! Oh, pardon ! Pardon !

— Assez ! nous coupe Marraine Fée.

Nous nous taisons immédiatement...

Elle reprend :

— Voilà bien du drame pour

pas grand-chose, il me semble…
Allons ! Il est plus que temps de
rentrer au Palais de Givre. Toutes
dans le traîneau, mesdemoisel-
les… et pressez-vous !

Lorsque Marraine Fée emploie
ce ton autoritaire, on a plutôt
intérêt à obéir sans discuter…

Il n'empêche : le trajet du
retour est très agréable. Nous

mettons au point notre emploi du temps, pour la journée du lendemain. Et nous décidons d'un commun accord que nous commencerons toutes ensemble par un tour de Grande Roue !

De retour au Palais de Givre, Marraine Fée fait quelque chose de fantastique. Tu devines quoi ? Je parie que oui !

Elle agite sa baguette magique et…

Abracadabra ! L'immense canapé moelleux de la chambre de mes amies se transforme en parfait petit lit moelleux pour moi !

Le dortoir pour cinq est devenu un dortoir pour six ! Hourra !

— Chut ! recommande Marraine Fée en posant un doigt sur sa bouche. Surtout, ne le dites à personne… Et rappelez-moi de le retransformer en canapé avant de partir !

— Sans faute, Marraine Fée ! promettons-nous, folles de joie.

Je dépose mon pyjama sous l'oreiller de mon nouveau lit. Puis, nous enfilons nos plus belles robes de soirée.

C'est qu'il y a un bal, ce soir, au Palais de Givre. Un Bal de Bienvenue rien que pour nous !

Nous dansons, valsons, virevoltons jusqu'à minuit ! Et au douzième coup d'horloge, nous nous offrons chacune nos cadeaux…

Je suis contente : Daisy adore son bracelet !

En fait, nous sommes toutes complètement, absolument et totalement ravies !

— Vive le Club du Diadème ! s'écrie Katie.

— Et vivent les meilleures amies du monde ! j'ajoute.

Bien sûr, tu comptes parmi celles-ci...

Et j'espère te retrouver très vite dans nos prochaines aventures !

FIN

Table

Imprimé en France par Jean-Lamour - Groupe Qualibris
Dépôt légal : octobre 2008
20.20.1480.1/01 – ISBN 978-2-01-201480-0
Loi n°49-956 du 16 juillet 1949
sur les publications destinées à la jeunesse